現代短歌パスポート 1

シュガーしらしら号

書肆侃侃房

目次

榊原紘

Classic

ヴェネツィアン・グラスの店を見て過ぎて久しく吐いていないと気づく

シュガーポットのシュガーしらしら　あげたいな　心当たりの当たりの部分

心臓にあるジッパーを最後まで上げて凭れる夕さりの背《せな》

月齢も記した暦が壁にありけもののようにそれを信じた

夜までにあなたに折れてもらおうと手にとる青のコントローラー

レコードに針落とすとき生き返る時代を選ぶような目つきだ

切れた口に親指掛けて見ていたら牙が湿ってきて　「大丈夫《ぁいのうぅ》」

苦笑いの苦さをおれに舐めさせて　室温に近づく炭酸水

歩むたび彼岸花咲くこの径《みち》であなたにだけは何度でも会う

悪いとは思わないからひさかたの信心だけで直す壁画も

まっしろな指で季節を剝がすときの音を隣で聞いてください

ほんものの時間だ　スープを啜るほどスープ皿へと戻る花々

バックパック担いだままで中から地図を探してもらう　雪かな

いつか来るいまわの際は秋だからあなたの喉笛を鳴らしたい

寝た人の息がこの世を深くするそこまで落ちるため眼を閉じる

伊藤紺

雪の匂い

すごく静かな時期からすごく楽しい時期に入る　忘れないだろう雪の匂い

お年寄りはあんまりイヤフォンしてなくて自由の耳がただそこにある

帰る場所ができてはじめて恋のこと恋と呼んでみたくなった

どんなにちがうとわかっていても恋が続く想像をする　幸せだから

男声と女声が同じＡメロを歌えば何かが完全になる

したいことたくさんあるけどわたしって「したいね」「したいね」でいいみたい

雪国のビデオを黙って見つめてるあなたに話しかけらんなかった

頬と頬くっつけて撮ったその写真のその一点をすごく知ってる

お互いの一番じゃないことくらい明確なことがほかにもほしい

家族とは宇宙と思う思うけどそれは大豆くらいのサイズ

友達にうっすら恋をしていてもそれはやっぱり友達だから

セックスをしてるとあなたが誰なのかわからなくなる　遠い月

「男なんて」って思ってしまうのはすごく悲しいことだと思った

一度でも愛したならば会うたびにすごく遠い旅のようだよ

言葉にならんときは黙っていいってただしい大人はみんな知ってる

千種創一

White Train

終せるための言葉の数行を紙ごと小さく畳んで捨てる

杏仁豆腐のような心で暮らしたい　怒りも恐れもなく澄んでたい

優先席を一冊の蛾が過ぎていく車窓の外はまだ暴風雨

冒頭を集めてアンソロジーを編む、最初はいつも美しいから

緊急停止ボタンを押さずに済んでいるたくさんの人生で混み合う

汽水湖と識ってることが地の果ての水のひかりをやわらかくする

ないようでそこにある港の水は透けてる、一つ浮標《ぶい》が刺さって

原作と違う最期だ、みたいに、午《ひる》の岬に人影はなく

苔むした軍手一つが落ちている　僕には倫理が足りない

海風と認識のなか木造の駅舎はあって、やがて崩れて

目を閉じていても線路の轟音で河だとわかる眠りの浅瀬

一粒の薬が跳ねて春の床　安心を得るためのくすりを

ポケットの切符に触れる　ちゃんとある　自分を赦せるのは自分だけ

一巡したらこの席でまた会えるからそんなに悲しまないで　ジョバンニ

聖句の書かれた栞を挟む　ここまで来れたよ、引き返さない　みて

柴田葵

おさしみ

着膨れた私が一番うつくしい笹かまぼこのような影して

春だからって偉そうですねプラごみのカップ突風に吹っ飛ぶ

シーリングライトの下でパンを買う世が世ならマンモスを狩る

紙ストローふやかしているこの世には無いものばかり欲しくなる身だ

着込んでも足首だけ出すファッションのチキンっぽさが好きだよパーティー

友だちと来週フグを食べるから今日の私のレジ打ちの速度

脇だけが乾いていない長袖を浮かれたポーズにする　はよ乾け

いつまでもある気がしていた建物が無くなりがちな季節だろうか

無いほうを内包すれば完全体これは捨身の渾身のギャグ

おさしみとてっちり（あだ名）がやってきて　みんな大人で　外食をする

舞いあがるビニール袋も二円かな白鳩のような二円さよなら

春だから虫歯の虫も目覚めだすカバ夫とカバ美が笑う受付

薬局の無音のニュースのなかの寺うすももの花がほころんでいる

おさしみを見るたび思いだす友に産まれた子どもをトロちゃんと呼ぶ

さみしくて誰かを巻き込みそうになり声を出さずに買うぬいぐるみ

堂園昌彦

春は水さえとろけさせる

若さの暗い陽を浴びながら繰り返しあなたが走らせる青い馬

親族の墓のあいだで踊っても陽光それはそれはまぶしい

あなたとわたしの記憶が混じって見たことのないやわらかなイオンモールが

音のつくるうつわの底でうずくまり今夜も明日へ進みそこねる

春の廃屋その内側に闇をはらみときおり思い出す喪の会話

月にほほえみかけてあなたは喜びの細部にいまも磨きをかける

われは我がこころを讃えかかりそめの陽射しの中を進む蜜蜂

果樹のようにみえるが名前のわからない木の下で縫うおのれの記憶

わたしからあなたが次第に剝がれていく蝙蝠とび交う水辺の暮らし

ＳＦのチャイナタウンに鳴っている音楽が引き寄せる花冷え

すずめ喜ぶすずめ集まる道端で生きていて春に抱きしめられる
まるで僕らは涙で結び付けられた架空の兄妹あるいはリボン

ひとのこころはひとの地獄を写し出し輝くアーモンドの花の枝

夕焼けを君は飲み干し生きながらまた何度でも見つける猫を

水際で白く末枯《すが》れる葦たちのように心を許しあえたら

谷川電話

夢を縫う、たき火を保つ

呼ばれた、名前は海で、ああそれはわたしの名前ではないのです

生活は才能に負けないことをテディベアの背を縫いながら言う

一日の労働で歪んだような気がして影をくねらせている

鉄橋を渡るあいだに言いかけた、 けれど目と目を行き交う蛍

薄紙を重ねたようなてのひらを夢のうつつのたき火へむける

牛乳は鍋に煮えつつこの世という余白にきみの似顔絵を描く

うたた寝の夢に登場するための踊りをおどる炎と組んで

口角をこぼれ落ちる炭酸水が月光に染まって息をのむ

友だちと談話しながら両足でスケートボードと遊ぶ男の子

冷水のグラスの傷が東京都庁に似ていて少し嫌だった

ギャグそれもその場限りのものばかり愛するばかと呼んでください

イカ焼きを屋台で買って名づけようのない空間でゆっくり食べた

ウクレレがきみに演奏されるのに嫉妬しているサンデー・モーニング

カップへと注ぐミルクの一筋を生活の背骨と思うほど

ぬいぐるみを抱いて夜道を走るのに理由も結末もないんだぜ

吉田恭大

フェイルセーフ

終点で降りると夜のバス停で、　夜のバスがそこから引き返す

また秋の訪れ　毎年その辺で買って大事にしない手袋

会わなくなって久しい人が居るような気がする劇場や映画館
ショッピングモールの上のよく揺れる観覧車で見下ろすバス溜まり

コンビニで百円払う　わたくしが淹れているわたくしのコーヒー

祈りとは　船は燃されて駅貼りのポスターにある地方の祭事

ワイヤレスイヤホンを耳から外し手元に仕舞うまでを見ている

ロッカーに着ていた服を入れるとき出すとき触れている冬の重さ

老若の人に社会のあることの、分かるけれどもおおきな湯船

船に乗るならば船旅、小さめの船の対岸まで渡るまで

およそ十分ほどの船旅のうち五分見ていた水面や景色

帰宅するたびに受け取るいくつかの、　やがて多くのスマートレター

花束になれば渡していたような嬉しさがこちらにもあります。

いつの間にあなたが猫を飼いはじめ、あなたの部屋で育ちゆく日々

元気そう　なら大丈夫　いつまでも知らない曲のみじかい踊り

菊竹胡乃美

火のぬいぐるみ

励ましてくれる人のハゲが進んでる　誰も心に火のぬいぐるみ

春闘も夏闘も秋闘も冬闘もしてるのに戦後のわたし

とんこつラーメン食べて臭くなる女性を一旦離脱する

レイア姫の戦う絵柄が頼もしい生理ポーチ・イン・マイ・バッグ

絡まったネックレスほどくのを休んでる婚期の昼休み

私が私の衛生兵であり手荒れの両手をラップする

愛してるってどんなことなんだろう子犬がこんなところまでなめる

何が私を慰めるのだろう土曜日はピアノを弾く鬼になる

助六といなり寿司のパック　素顔で海を見る

自己肯定感を他人に求めちゃう口裂け女の口角炎

不審者より先に私が不審者になればいいじゃない高速回転の帰路

埠頭に行き船を見ることもおにぎりを食べることも不登校児にとってのあおぞら

虐待のさなかを生きる子供たちさらいに来て未来の恋人よ

加害者はかつて被害者だった日々透けて見えるように見て

かさかさの唇でたどる今までの努力と選択への愛撫

宇都宮敦

羊毛期の到来（ウール、ウール、ウール）

応接間みたいな服を着込みだし君がはじめる冬のそれから

にび色のうねりのなかにさむい日とねむい日とすごくねむい日とある

重くゆるいパーマぜんぜん似合ってはないけど楽しそうでなにより

冬の朝を歩く　真新しい船にいかした名前をつける気分で

もういいというまでネコをなでたくる　いう気配なくこちらが折れる

お気に入りでも家でしか着られない動物園で買ったTシャツ

さかな食べたいと君がいうからクリスマス寒波のもとに向かう居酒屋

やるべきこともやりたいこともやらずただ無駄に起きてるぜいたくな夜

その歌手の瞳に星が砕け散りあんなちんちくりんなくせに、さ

寺の門ばりに大きな親切に小さく小さなサンキューを言う

とりあえず窓が丸いということは潜水艦かロケットだろう

本祭のない後夜祭つづくなかくりかえされる歌のいくつか

子供のころ漫画はぜんぶ歯抜けで買っててなんでそれでよかったんだろうね

手品師のシルクハットからラブでないレターがとめどなくあふれ出す

やさしさの意味をひっそり書きかえる　おもちいくつ？と訊かれる朝に

初谷むい

天国紀行

吐く息でまつげが濡れる土曜日にわずかに犬の鳴く声がする

とんでもない手品で地球が消えるとき笑ってくれそうで好きだった

今日の月にも名前があって　こころってひとつじゃなくてもいいと思うよ

完璧な時代　つねった頬から蝶が湧き顔が花畑になるような

いますぐに。きみをみつけたい気持ちがあって。前を向いてみました。

天国があるならきっとふたりしてお麩をさがしたマックスバリュー

おふとんから出られないまま土曜日終了ぬいぐるみもこちらを見ています

きみの背中に頬をぴったりあわせるとそこからやってくる愛の鬼

さむい外をたくさん歩いたあと食べたカップラーメン　生きるって何？

ヨーグルトにドライフルーツ埋めながら　信じることはいつも楽しい

シャワーのお湯がわたしのからだで合体しわたしは真夜中の川だった

また会おう。遠くに行ってもだいじょうぶ。道ってそういうふうにできてる。

ゆうやけ色のグミ落ちたけど拾って食べた　だいすきな人よ永遠であれ

三日月が心に刺さったまま生きて　三日月ごとわたしは光ってる

たったいま、こころは捲れて走り出す　雪風あきれるほど吹いている

執筆者プロフィール

榊原紘（さかきばら・ひろ）
一九九二年愛知県生まれ。奈良県在住。第二回笹井宏之賞大賞受賞。二〇二〇年、第一歌集『悪友』刊行。ゆにここオンラインカルチャースクールで「推しと短歌」の講師を務める。短詩集団「砕氷船」の一員。

伊藤紺（いとう・こん）
歌人。一九九三年生まれ。横浜在住。著書に歌集『肌に流れる透明な気持ち』『満ちる腕』（いずれも短歌研究社）、ミニ歌集『hologram』（CPcenter）。

千種創一（ちぐさ・そういち）
一九八八年愛知県生まれ。二〇一五年、『砂丘律』。二〇一六年、日本歌人クラブ新人賞、日本一行詩大賞新人賞。二〇二〇年、『千夜曳獏』。二〇二一年、現代詩「ユリイカの新人」に選出。二〇二二年、『イギ』、ちくま文庫版『砂丘律』。

柴田葵（しばた・あおい）
歌人、ライター。第二回石井僚一短歌賞次席。第一回笹井宏之賞大賞受賞により、第一歌集『母の愛、僕のラブ』（書肆侃侃房）を出版。東京都在住。身長一六四センチ。

堂園昌彦（どうぞの・まさひこ）
一九八三年東京都生まれ。早稲田短歌会を経て、現在、短歌同人誌「pool」所属。二〇一三年、第一歌集『やがて秋茄子へと到る』（港の人）刊行。ブログに歌書紹介サイト「短歌のピーナツ」。

谷川電話（たにかわ・でんわ）
一九八六年愛知県生まれ。二〇一四年、角川短歌賞を受賞。歌集に『恋人不死身説』（二〇一七年、書肆侃侃房）、『深呼吸広場』（二〇二二年、書肆侃侃房）。

吉田恭大（よしだ・やすひろ）
一九八九年鳥取県生まれ。「塔短歌会」「早稲田短歌会」で短歌を学ぶ。二〇一九年第一歌集『光と私語』（いぬのせなか座）を刊行。同年より詩歌の一箱書店「うたとポルスカ」を運営。

菊竹胡乃美（きくたけ・このみ）
一九九五年福岡県生まれ。二〇一五年から短歌を始める。第一歌集『心は胸のふくらみの中』（書肆侃侃房、二〇二三年）。

宇都宮敦（うつのみや・あつし）
一九七四年千葉県生まれ。歌集『ピクニック』（二〇一八年、現代短歌社）。ブログ「Waiting for Tuesday」（https://blog.goo.ne.jp/utsuno）。

初谷むい（はつたに・むい）
一九九六年生まれ、札幌市在住。第一歌集『花は泡、そこにいたって会いたいよ』（書肆侃侃房、二〇一八年）、第二歌集『わたしの嫌いな桃源郷』（書肆侃侃房、二〇二二年）。

現代短歌パスポート1 シュガーしらしら号

二〇二三年五月十二日　第一刷発行
二〇二三年六月五日　第二刷発行

著者　榊原紘　伊藤紺　千種創一　柴田葵　堂園昌彦
谷川電話　吉田恭大　菊竹胡乃美　宇都宮敦　初谷むい

発行者　田島安江
発行所　株式会社 書肆侃侃房（しょしかんかんぼう）
〒八一〇－〇〇四一 福岡市中央区大名二－八－一八－五〇一
TEL：〇九二－七三五－二八〇二　FAX：〇九二－七三五－二七九二
http://www.kankanbou.com　info@kankanbou.com

編集　藤枝大
デザイン　藤田裕美
装画　楢崎萌々恵
DTP　黒木留実
印刷・製本　シナノ書籍印刷株式会社

ISBN978-4-86385-575-5　C0092